ALICE,

OU

LES SIX PROMESSES,

VAUDEVILLE EN UN ACTE,

Par MM. DUPEUTY, DE VILLENEUVE et M***;

REPRÉSENTÉ POUR LA PREMIÈRE FOIS, A PARIS, SUR LE THÉATRE DES VARIÉTÉS, LE 3 AOUT 1825.

Prix : 1 fr. 50 centimes.

PARIS,

AU GRAND MAGASIN DE PIÈCES DE THÉATRE,
ANCIENNES ET NOUVELLES,

DE A. G. BRUNET, LIBRAIRE-ÉDITEUR,

Successeur de Mme HUET, rue de Valois, Palais-Royal
n° 1er, en face de l'Athénée.

1825.

PERSONNAGES.   ACTEURS.

Le sire de BÉAULIEU.	M. Cazot.
EDMOND, son fils, sous le nom d'Alain.	M. Allan.
La vieille MARGUERITE.	Mme Picot.
ALICE, sa fille.	Mlle Pauline.
MACLOU, son neveu.	M. Vernet.
LE SÉNÉCHAL	M. Brunet.
M. LUC, son Greffier.	M. Blondin.

HOMMES et FEMMES de la suite du Sire de Beaulieu.
VILLAGEOIS et VILLAGEOISES.
GARDES de la Sénéchaussée.

La scène se passe sous le règne de Charles VII.

ALICE,

ou

LES SIX PROMESSES,

VAUDEVILLE EN UN ACTE.

∿∿∿∿∿∿∿∿∿∿∿∿∿∿∿∿∿∿∿∿∿∿∿∿∿∿∿∿∿

Le théâtre représente un carrefour, à l'entrée d'un bois : à travers les arbres du fond, on aperçoit, au lointain, un village et la campagne. — A droite de l'acteur, au premier plan, est la ferme de la vieille Marguerite; à gauche, au deuxième plan, l'entrée d'un château.

SCÈNE PREMIÈRE.

MACLOU, *(seul)*.

(Il fait à peine jour,.... on l'entend crier dans la coulisse).

Brr... Brr.... youp-là, malbroug, youp-là... mords la blanche, là-là... *(il s'avance lourdement, tenant d'une main un morceau de pain et du fromage, de l'autre une houlette).* Cinq heures viennent d'sonner à l'horloge du château, la f'nêtre d'Alice n'est pas core ouverte.... all' dort,... j'aurais pourtant ben voulu l'y parler, avant d'aller aux champs.... Voyons pour la réveiller,... chantons-y queuq' chose d'ben gentil,... d'ben gracieux.

Air *Normand.*

Si j'étais le roi Jean,
Le roi Jean, dit sans terre,
Aux champs, dans ma pann'tière,
J'n'emport'rais qu' du pain blanc;

> Et dès d'main je m' f'rais faire
> Un habit d'or reluisant,
> Itou pour ma bergère
> Un casaquin d'argent.   (*bis*)

A n'répond pas,... all' est pourtant gentille, ma romance, allons au second couplet.

Même air.

> Eun' fois l'maître d'tertous ,
> On ne f'rait pus la guerre,
> On n'tuerait pus sur terre
> Qu' les loups et les hiboux.
> En place d'ma cabane,
> J'f'rais bâtir un châtiau,
> Et j'mont'rais sur un âne
> Pour garder mon troupiau.   (*bis*)

Rien encore,... all' a l'sommeil dur, tout d'même;... mais c'est égal, passons au troisième couplet,... il y en a dix-sept,... ainsi, j'ons l'temps ;... si c'était Alain qui chantit, a s'réveillerait pus vîte ;.. maudit Alain va , ... Quiens le v'là.

SCÈNE II.

MACLOU, ALAIN.

ALAIN.

Bonjour, Maclou...

MACLOU, *avec humeur.*

Bonjour,.... t'es ben matineux aujourd'hui ,... où qu'tu vas d'si bonne heure donc ?... moi, et mes bêtes, je n'fesons que d'nous l'ver,... tu vois, j'suis core en train de déjeuner,... en veux-tu, d'ma miche ?

ALAIN.

Non , merci, j'ons pas faim...

MACLOU.

J'devine,... tu vis d'amour, toi,... comme dit c't'autre;... t'es ben heureux;... moi, si j'mettais qu'ça sur mon pain, ça m'frait pas un bon estomac,... et c'pendant j'en tiens joliment aussi, va...

ALAIN.

Vraiment,... eh ben !... j'te souhaite bonne chance, mon garçon.

MACLOU.

Marci.

ALAIN.

Ah! ça, mais, dis donc,... est-ce que tu n'vas pas encore aux champs?... il est l'heure pourtant.

MACLOU.

Qu'est-qu'ça fait, toi;... d'quoi qu'tu t'mêles?

ALAIN.

Ah! mon Dieu! n'te fâche pas... comme t'es d'mauvaise humeur à c'matin.

MACLOU.

Eh ben... oui, n'a... j'ai d'l'humeur.

ALAIN.

Et pourquoi ça, mon pauvre Maclou?

MACLOU.

Pourquoi?.. parce que t'es un sournois;... c'est Alice que t'aimes.

ALAIN.

Alice, moi!.. oh! par exemple, tu t'trompes bien, j't'en réponds.

MACLOU.

Je m'trompe;... j'vous ai pt'être pas vus hier tous les deux... Alice était à c'te fenêtre,... toi t'étais au pied de c't'âbre... « Chère Alice! » qu'tu y disais en soupirant, et en l'vant les bras;... tiens, comm'ça... All'a n'disait ni oui, ni non;... mais all' faisait des petites mines :... tiens, comm' ça; ensuite, tu y as envoyé des gros baisers... qu'on aurait pu entendre d'l'autre bout du village... Alors, all' a fermé sa fenêtre;... toi, t'es resté là, planté comme un piquet,... et moi, j'enrageais. Quoi! eh ben :... c'est y vrai?

ALAIN.

Ah! bah!... t'auras rêvé ça.

MACLOU

Du tout,... j'rêve jamais :... j'n'en ons pas l'temps dans mon état... D'ailleurs, si c'est un rêve,... je l'cont'rai à M. le Sénéchal, et à m'sieur Luc son greffier, qui n'est point une bête... (*avec intention*) Avec ça qu'ils y croient, eux autres, aux rêves :... ils sont comme moi.

ALAIN.

Tu es fou!

MACLOU.

Fou !.. eh ben! n'importe, j'port'rai toujours mes plaintes,... et on te f'ra parler... Il faudra qu'tu rendes compte de ta conduite,... et ça t'embarassera peut-être ben un peu ; car, enfin, on n'était pas c'que.., suffit... j'm'entends.

ALAIN.

Et je me moque bien de ton sénéchal et de son greffier... Le premier a toujours peur de se compromettre, et l'autre est toujours de l'avis de son chef... pour s'éviter la peine d'en avoir un.

Air : *Du premier prix.*

Sur son maîtr' formant son langage,
Et n'fesant pas grands frais d'esprit,
Il est comm' l'écho du village
Qui répèt' tout ce qu'on lui dit.
Et si, queuq' jour, perdant la tête,
L'Sénéchal laissait échapper :
« Monsieur Luc, vous n'êtes qu'un' bête, »
Il dirait : *oui*, d'peur de s'tromper.

MACLOU

Ouais,... c'est comme ça qu't'en parle,... toi;... eh ben! tu n'risques rien,... j'leux y dirai aussi c'que t'as dit là,... et j'y courons tout d'suite... ton affaire est bonne,... va,... (*à la contonnade*), eh! dis donc, p'tit gas, garde mes biques,... t'auras des pommes... (*à Alain*) Ah! tu crois comme ça qu'tu seras venu dans l'hameau... pour... eh ben! tu voiras,... je n'te dis qu'ça... (*à la cantonnade*) Fais attention aux bêtes, toi, là bas ;... moi, j'vas trouver l'Sénéchal. (*Il sort en continuant à menacer*).

SCÈNE III.

ALAIN *seul.*

Pauvre garçon !... je ris de ses menaces ;... tout ce qui me chagrine,... c'est d'avoir été forcé de tromper Alice, et de la tromper encore :... elle est si douce,... si bonne... Que dira le sire de Beaulieu, mon père, qui me croit à la cour de Charles VII. Quand il saura que l'unique héritier de son nom est amoureux d'une simple bachelette... Ah! quand il verra mon Alice, il me pardonnera ;... c'est elle,... allons, reprenons notre rôle,... l'air et le ton du village.

SCÈNE IV.

ALAIN, ALICE.

ALAIN, *allant au devant d'elle.*

Chère Alice!

ALICE.

Chut, chut !.. vous allez réveiller ma mère.

AIR : *Si tu voulais, gentille bachelette.*

ALAIN.

De vous revoir que mon âme est ravie !

ALICE.

C'est bon, j'vous crois... C'pendant parlez plus bas.

ALAIN.

Auprès de vous j'voudrais passer ma vie,
J'serais toujours fidèle à vos appas.

ALICE.

Prenez donc garde, Alain, ma mère est endormie ;
Dites-moi qu' vous m'aimez, mais qu'on n'entende pas.

Même air.

ALAIN.

Si l'même amour tous les deux nous engage,
En ce moment montrez moins d'embarras ;
Qu'un doux baiser de ma foi soit le gage,
Un seul baiser ne se refuse pas.

ALICE.

Y songez-vous, Alain ?

ALAIN.

Un seul, pas davantage.

ALICE.

Eh bien ! prenez-le donc ; mais qu'on n'entende pas.

Ah ! ça maintenant, j'ai bien des choses à vous dire,
allez.

ALAIN.

Quoi donc ?

ALICE.

D'abord vous avez un rival.

ALAIN.

Ah ! oui, je sais,... Maclou.

ALICE.

Oh ! ce n'est pas c'lui-là qui m'inquiète beaucoup ;...
mais il y en a encore un autre :... c'gros vilain sénéchal,...
vous savez, lui qui dit toujours : on n'sait pas ce qui peut
arriver, de peur de se compromettre... eh ben !.. j'crois
que j'lui ai plu,... le v'là compromis ;... car moi, d'abord,
je n'peux pas l'souffrir :... c'est vous seul que j'aime, et
j'n'épous'rai que vous ;... mais, pour ça, faut enfin vous
prononcer,... faut tout avouer à ma mère, et demander ma
main.

ALAIN.

Ah ! sans doute, Alice, mon plus grand bonheur serait
d'être à vous ;... mais si nos parens, les convenances,... la
fortune...

ALICE.

Hein ! comme vous parlez donc.

ALAIN, *à part.*

Ah ! diable !... j'allais me trahir. (*haut*) C'est qu'voyez-
vous, Alice, j'disions comme ça, que quand l'on est plus
riche l'un que l'autre....

ALICE.

Oh ! soyez tranquille, allez,...... j'aurai p'têtr'
plus d'fortune que vous ;... mais qu'est-ce que ça fait donc ?
nous prendrons à bail la ferme du château,... vous avez
d'bons bras, et, dans quelques années d'ici, nous devien-
drons p't-êtr' d'gros propriétaires.

ALAIN.

Chère Alice ! si vous saviez...

ALICE.

Eh ! ben, quoi donc, Monsieur ? est-ce que je n'sais
pas tout ? ou bien me tromperiez-vous, par hasard ? ah ! ça
serait bien mal à vous, Alain, bien mal ;... moi, j'vous
aime de si bonne foi.

ALAIN.

Ma tendresse n'est pas moins vive que la vôtre ; soyez-
en sûre... Mais, dites-moi,... si vous étiez bien plus riche
encore que vous n'êtes,... si vous aviez un grand nom,...
vous me sacrifieriez donc tout ?

ALICE.

Ça n's'rait pas un sacrifice.

9

Moi, j'aime mieux Alain
Que grandeur et richesse ;
Toujours même tendresse,
Voilà mon seul refrain.

ALAIN.

Si noble châtelain,
Pour vous nommer sa belle,
Donnait rare dentelle,
Joyaux d'or, riche écrin ;
Ou si beau damoisel,
Seigneur de haut parage,
Vous offrait en partage
Son cœur et son castel,

Alice, que lui répondriez-vous ?

ALICE.

Ce que je lui répondrais...

Moi, j'aime mieux Alain
Que grandeur et richesse ;
Toujours même tendresse,
Voilà mon seul refrain.

Ensemble.

ALAIN.	ALICE.
Comm' vous le cœur d'Alain	Moi, j'aime mieux Alain
Dédaigne la richesse ;	Que grandeur et richesse ;
Toujours même tendresse,	Toujours même tendresse,
Voilà mon seul refrain.	Voilà mon seul refrain.

ALICE.

Ah ! mon Dieu,.. v'là l'Sénéchal qui arrive par la grande
avenue... Il vient sans doute pour me rapp'ler la promesse
que je lui ai faite hier en riant,.. il est si drôle quand il
soupire... Mais n'craignez rien ,.. n'y a pas d'danger ; j'ai
mon plan... Il approche... Eh ! vite, allez vous-en : faut pas
qu'il nous surprenne ensemble. Adieu, Alain.

ALAIN.

Adieu,... Alice.

(Il lui baise la main, Alain sort, Alice rentre chez sa mère.)

SCÈNE V.

Le SÉNÉCHAL, M. LUC.

LE SÉNÉCHAL (*en entrant*).

Une, deux, trois, quatre, cinq... Voilà cinq promesses
en règle,... il ne manque à la sixième que la signature de
la jeune Alice!... et elle doit me la donner ce matin. Tout
est pour le mieux... Eh bien! qu'est-ce que vous avez donc
à me regarder comme ça,... monsieur Luc? vous avez
l'air de ne rien comprendre à ce que je dis.

M. LUC.

Mais, en effet,... je ne...

LE SÉNÉCHAL.

A la vérité, je ne vous ai rien expliqué encore bien po-
sitivement;... mais, écoutez-moi... Vous savez, ou vous
ne savez pas!...

M. LUC.

C'est vrai...

LE SÉNÉCHAL.

Ne m'interrompez donc jamais quand je parle;... que
diable, vous me faites perdre le fil de mes idées,... avec
ça que c'est un peu embrouillé, ce que j'ai à vous dire...
prêtez-moi donc, je vous en prie en grâce, la plus scru-
puleuse attention. Vous savez, ou vous ne savez pas
que l'unique héritière du seigneur de Montbeillard a été
élevée dans ce village comme une simple bachelette.

M. LUC.

Ah! ah!

LE SÉNÉCHAL.

Chut!... Son père qui n'était qu'un pauvre écuyer, par-
venu à la fortune et aux honneurs pour prix des ses
hauts faits d'armes, avait toujours conservé le souvenir
de son obscure naissance, et voulait que sa fille ne l'ou-
bliât pas non plus...

M. LUC.

Oh! oh!

LE SÉNÉCHAL.

Mais, paix donc,... c'est insupportable, oh! oh! ah!
ah! comprenez-vous maintenant, Monsieur Luc?

M. LUC.

Parfaitement.

LE SÉNÉCHAL.

Ce n'est pas tout. Par un article de son testament, le sire de Montbeillard a ordonné que sa fille fût entièrement libre dans le choix d'un époux..... Or, vous saurez, monsieur Luc, que mon intention est de m'enchaîner par les lois de l'hyménée.

M. LUC.

Pas possible.

LE SÉNÉCHAL.

Je vous demande bien pardon, c'est très-possible ;.... et la preuve, c'est que j'ai déjà choisi la femme qui me convient le mieux au monde.

M. LUC.

Et comment donc vous y êtes-vous pris pour lui plaire.

LE SÉNÉCHAL.

Parbleu ; comme tant d'autres ; c'est désobligeant, une question comme celle-là... Je me suis dit : ce sera l'affaire d'une semaine tout au plus.

> Air : *L'amour, l'estime*, etc.
>
> Je veux d'abord, dès le lundi,
> Lui peindre mon rang , ma richesse, .
> Le mardi parler de ma tendresse ,
> La lutiner le mercredi ,
> Et me déclarer le jeudi.
> Ma gaîté toujours vive et franche,
> L'enchantera le vendredi ;
> Puis enfin prenant sa main blanche, .
> Oui , prenant enfin sa main blanche,
> J'épouserai le samedi,
> Pour me reposer le dimanche.

Maintenant devinez quel est l'objet de mon choix.

M. LUC.

Je ne devine jamais.

LE SÉNÉCHAL.

C'est plus prudent..... Eh bien ! M. Luc, apprenez que c'est la susdite héritière , Mademoiselle de Montbeillard , elle-même.

M. LUC.

Vous la connaissez donc ?

LE SÉNÉCHAL.

C'est-à-dire, je la connais... Non, mais je sais qu'elle est ici, et qu'elle compte dix-sept printemps. Mais, me direz-vous, il y a dans le village six fillettes qui sont du même âge, à quelques jours près.

M. LUC.

C'est ce que j'allais vous dire.

LE SÉNÉCHAL.

Voilà le diable.

SCÈNE VI.

Les Mêmes, ALICE *à la fenêtre.*

ALICE.

Tiens,... ils sont encore là.

LE SÉNÉCHAL.

Il y en a six... Un homme ordinaire se serait découragé : mais qu'ai-je fait, moi ? je me suis dit : « On ne sait pas ce qui peut arriver, faisons en même temps la cour à toutes les six ;... je leur plairai, il n'y a pas le moindre doute,... et comme ça, je ne peux pas manquer de rencontrer la bonne... »

M. LUC.

C'est vrai.

LE SÉNÉCHAL.

Ce n'est pas tout,... pour cela, il fallait les tromper.

ALICE, *à part.*

Les tromper,.. voyez-vous ça,... ce vilain Sénéchal.

LE SÉNÉCHAL.

J'ai d'abord exigé d'elles le secret,... ensuite,... pour mieux assurer ma spéculation matrimoniale,.. je leur ai fait signer... (toujours aux six filles de dix-sept ans) des promesses réciproques, portant, pour chacune d'elles, un dédit sextuple du mien.

ALICE.

C'est bon à savoir.

LE SÉNÉCHAL.

Hein ,.. ce n'est pas trop mal;... je n'ai plus à faire signer
que la petite Alice ; frappons à sa porte.

ALICE.

Et nous, vîte, sortons par le clos,... pour prévenir ses
autres futures. (*Elle ferme la fenêtre, et, presque aussitôt,
on la voit passer derrière la maison, et traverser le fond du
théâtre*)

LE SÉNÉCHAL.

Je présume qu'elle est levée.

(*Il frappe.*)

SCÈNE VII.

Les mêmes , MACLOU.

(*Il paraît, au moment où le Sénéchal s'apprête à frapper
à la porte.*)

MACLOU.

Ah!... j'vous trouvons donc enfin, m'sieur l'Sénéchal.

LE SÉNÉCHAL.

Eh bien ! que me veux-tu ? voyons,... tu viens nous
déranger là ;... qu'as-tu à me dire ? réponds, et va-t-en.

M. LUC.

Oui, réponds, et va-t-en.

MACLOU.

M'sieur l'Sénéchal, v'la c'que c'est :... c'est au sujet
d'Alain que j'voulais vous parler.

LE SÉNÉCHAL.

Ah! ah! ce jeune Pâtre nouvellement établi dans le hameau... Eh bien ? que t'a-t-il fait ?

M. LUC.

Oui, que t'a-t-il fait ?

MACLOU.

Ce qu'il m'a fait !... rien ;... mais qui qu'il est ?...
d'où c'qu'il vient? d'où qu'il sort?... car enfin personne
ne le connait ici.

LE SÉNÉCHAL.

Eh bien!... qu'importe,... c'est un brave garçon.

M. LUC.

Au fait.

MACLOU.

C'est égal !... je vous dis qu'il y a du louche dans son affaire ;... d'vinez c'qu'il fait ; qu'and j'linterrogeons pour savoir... c'que j'veux savoir?... eh bien! au lieu de m'répondre, il m'gliss' dans la main des beaux écus tout neufs!... où c'qu'il les prend ces beaux écus tout neufs?

LE SÉNÉCHAL.

Où il les prend?... eh bien! qu'est-ce que ça t'fait?... voyons!... tu m'dis qu'il te glisse des écus;... et c'est ça qui t'fache... A-t-il le caractère mal fait, donc? j'vous demande un peu M. Luc, si quelqu'un venait me glisser dans la main de beaux écus neufs,... fussent-ils même en or,... si j'irais me... Allons donc.

M. LUC.

C'est clair.

LE SÉNÉCHAL.

Tu n'as pas le sens commun, Maclou ; Alain est un garçon très-estimable.

MACLOU.

Eh! ben tout ça, c'est bon ;... mais ça n'empêche pas que c'est un je ne sais qui ;... quant à ce qu'est d'moi, je m'en moque, comme de Colin Tampon,... mais c'est au sujet d'Alice...

LE SÉNÉCHAL.

Hein,... d'Alice,... ta cousine.

MACLOU.

Morguenne oui, ma cousine,... il y fait les doux yeux.

LE SÉNÉCHAL.

Comment les doux yeux;... mais, M. Luc, voilà un renseignement plus positif.

M. LUC.

Hum,... hum...

LE SÉNÉCHAL.

Il lui fait les doux yeux!... çà me fait penser à ce que

vient de dire Maclou,... d'où vient-il?... d'où sort cet
Alain ? (*à M. Luc*) Vous n'avez pas vu ses papiers ?

M. LUC.

Nous n'avons pas vu ses papiers.

LE SÉNÉCHAL.

D'après cela, Maclou pourrait bien avoir raison;... t'as
raison, mon garçon,... c'est louche,... c'est très louche;...
car au fait, d'où tient-il les écus en question?

M. LUC.

C'est, pardieu! ce que je me demandais à l'instant:...
d'où tient-il les écus en question?

LE SÉNÉCHAL.

Allons, décidément, ce gaillard-là doit nous être suspect.

M. LUC.

Comment donc! fort suspect.

LE SÉNÉCHAL.

Il serait très possible que ce fut un vagabond... (*bas à
M. Luc*) Faire les doux yeux à Alice,... compromettre la
sûreté de mon opération,... allons, allons, il n'y a pas
un instant à perdre,... il faut donner ordre à tous les gardes de la sénéchaussée de lui courir sus;... suivez-moi,
M. Luc.

MACLOU.

Courir sus ,... qu'est c'que c'est qu'ça? vous disiez tout
à l'heure que c'était un brave garçon, et à présent, vous
dit's : courir sus...

LE SÉNÉCHAL.

Un brave garçon,... oui, provisoirement;... mais à présent ça change furieusement la thèse.

AIR : *Amis, voici la riante semaine.*

A ce coquin je veux apprendre à vivre ,
Et le chasser à l'instant du pays;
Avec rigueur je le ferai poursuivre.
Qu'en pensez vous ?

M. LUC.

Je suis de votre avis.

LE SÉNÉCHAL.

Ces gaillards-là , près de fille naïve,
Sont dangereux, c'est facile à prouver;

Car avec eux, lorsque l'amour arrive,
On ne sait pas ce qui peut arriver.

M. LUC, LE SÉNÉCHAL, et MACLOU, en chœur.

Car avec eux, lorsque l'amour arrive,
On ne sait pas ce qui peut arriver.

SCÈNE VIII.

MACLOU, puis MARGUERITE.

MACLOU.

Allons, allons, l'affaire d'Alain est bonne;... ouf, j'ai
un poids de moins sur l'cœur;... maintenant qu'me v'la
débarrassé d'mon rival, faut que j'me déclare à ma tante.
(*frappant à la porte*) Oh! eh, ma tante, ma tante Marguerite,... venez donc,... c'est moi, c'est Maclou.

MARGUERITE, *sortant*.

Eh! bien, qu'y a-t-il, que me veux-tu?... voyons,

MACLOU.

Ma tante,... il y a déja long-temps que j'voulons vous
dire ça,

MARGUERITE.

Mais quoi?

MACLOU.

Tante Marguerite,... faut vous dire que... j'sais pas
comment qu'ça s'fait;.. mais, d'puis queuqu' temps, mon
cœur fait toc toc, ni pus ni moins que l'battant d'vot' cou-
cou;... Dieux!...l'fait-il toc, toc;... c'ment qu'ça m'est
survenu, j'l'ignore.

MARGUERITE.

Eh ben, mon garçon, c'est qu't'es amoureux.

MACLOU.

Quiens, pardienne, v'là une belle malice,... all' croit
qu'all' a d'viné ça, ma tante;... oui, j'sommes amoureux,... et ferme encore;... aussi... j'voulons m'marier.

MARGUERITE.

Te marier,... le joli petit mari...

MACLOU.

Eh ben!... qu'est-ce qu'il a donc, c'mari?... il n'était

pas d'jà si beau, m'n'oncle, et vous n'auriez p'tet' pas
été fâchée d'en trouver un tourné de c'te façon là dans
l'temps.

MARGUERITE.

C'est bon, c'est bon;... mais voyons, de qui es-tu
amoureux?

MACLOU.

D'qui?... et d'Alice donc.

MARGUERITE.

D'Alice,... que me dis-tu là?... tu n'y penses pas.

MACLOU.

Au contraire,... c'est que j'y pense la nuit, l'jour, l'soir,
l'matin;... j'en dessèche, quoi!... voyez plutôt.

MARGUERITE.

Maclou, Maclou, je te défends d'avoir ces idées là......
Alice ne sera jamais ta femme...

MACLOU.

Point ma femme,... ah!... c'est c'que nous voirons,...
j'sommes p'tet' pas assez riche pour elle.

AIR : *Du premier pas.*

J'ons des écus, pour y'ach'ter d'z'habits d'fêtes,
D'plus un' bonn' dot que j'voulons y'apporter,
J'ons un troupeau composé d'cinquant' têtes;
Donc en mariage all' aura cinquant' bêtes,
Sans me compter.

MARGUERITE.

Crois-moi, n'songe plus à Alice;... si tu allais l'aimer
réellement, tu n'sais pas tout l'chagrin qu'ça pourrait t' cau-
ser.

MACLOU.

Ah! laissez donc,... vous m'dites ça pour me r'buter;...
car enfin, quel obstacle qu'y peut y avoir, puisque c'est
ma cousine?

MARGUERITE.

Ta cousine!... écoute, Maclou, promets-moi de te taire,
et je te confierai un secret.

MACLOU.

Un secret,.... ah! mon Dieu!..... quoiqu' c'est donc;
je m'tairons, ma tante, j'vous l'jurons?

MARGUERITE.

Apprends qu'Alice n'est pas ma fille...

MACLOU, *reculant.*

Quoi qu'vous m'dites là? comment, ma cousine n'est
pas ma cousine... Ah ça, vous êtes ben sûre de ça.

MARGUERITE.

Oui, j'en suis sûre...

MACLOU.

Qu'eu coup qu'ça m'donne là!... au fait, vous d'vez
ben l'savoir, vous... Ah ça, mais d'qui donc qu'all' est
l'enfant?

MARGUERITE.

D'un riche seigneur qui me l'a confiée.

MACLOU.

Alice, eune seigneuresse!... qu'est-ce qu'aurait jamais
dit ça;... c'n'est pas l'embarras, du vivant de m'n'oncle,
j'mai dit queuq'fois: il est ben vieux m'n'oncle;... c'ment
diable qu'ma tante a fait pour avoir eune fille si jeune
qu'ça?

MARGUERITE.

Tout l'monde l'ignore dans l'village,... Alice elle-
même n'en est pas instruite,... et tu ne l'aurais jamais
su toi-même, si je n'avais voulu t'garantir d'un amour
qu'aurait fait ton malheur... Eh bien!... qu'est-ce que
t'as donc?

MACLOU.

Rien,... rien;... c'est que j'ai plus envie de pleurer
que d'rire.

MARGUERITE.

Mais, j'l'entends... Allons, rappelle-toi ta promesse,
et tais-toi jusqu'au moment où tout se découvrira.

MACLOU.

Oh!... n'y a pas d'danger que j'parle,... j'vas pas
seulement oser lever les yeux sur elle;... rien que d'la
voir,... v'la l'toc toc qui me r'commence.

SCÈNE IX.

Les mêmes, ALICE.

ALICE.

Me vl'a, me v'la... Ah! bonjour ma mère;... dites donc,... vous n'savez pas... Monsieur le Sénéchal... Ah! ah! ah! j'en rirai long-temps.

MARGUERITE.

Quest-ce que c'est donc?

ALICE.

Imaginez-vous, ma mère, que ce vilain Sénéchal voulait... Ah! mais, je vous conterai ça plus tard,... vous serez aussi du complot, n'est-ce pas?... Tiens, te voilà, cousin, et tu ne me dis pas seulement bonjour.

MACLOU, *reculant.*

Oh! là, là,... j'peux pus avancer moi, maintenant... (*haut.*) Bonjour Al..., bonjour Mam'selle!... (*à part.*) Qu'est-ce qu'aurait dit qu'all' était eune seigneuresse.

ALICE.

Mam'selle,... qu'est-ce que ça veut dire,... est-ce que je suis une Mam'selle, moi?... a-t-il l'air nigaud aujourd'hui!...

MARGUERITE.

Mais parle-lui donc, imbécille;... elle va se douter de quelque chose.

MACLOU.

Dame! écoutez, ma tante, on n'est pas mait' de ça;... elle m'appelle cousin!...

ALICE.

Eh bien! qu'est-ce qu'il a donc? est-ce que tu m'en veux? allons, Monsieur, voulez-vous bien venir m'embrasser tout de suite,... et ne plus avoir l'air bête comme ça.

MACLOU.

Quiens! c'est bien aisé à dire...

ALICE.

Quand tu voudras, je t'attends?...

MACLOU, (*s'essuyant la main.*)

Me v'la, Mam'selle,.... ma Cousine... (*il lui prend la main, et l'embrasse.*)

ALICE.

Qu'est-ce que tu fais? est-ce comme ça qu'on embrasse sa cousine? (*lui tendant la joue,*) tiens.

MACLOU, (*s'essuyant la bouche avec sa manche, et l'em-brassant.*)

Oh! là, là,... v'la l'toc toc qui me reprend' cor plus fort.

MARGUERITE.

Ah! ça, mais, revenons un peu au Sénéchal... Tu me parlais d'un complot.

ALICE.

Ah! oui, c'est vrai... Eh bien! croiriez-vous, ma mère, que, depuis la semaine dernière,... je ne vous avais pas dit encore ça, parce qu'il m'avait recommandé le secret... Enfin, depuis la semaine dernière, il me fait tous les jours une déclaration, mais si drôle,... si drôle...

MACLOU.

Voyez-vous, ce vilain chat-huant là... Ils en voulons tous, quoi,...... c'est comme un sort.

MARGUERITE.

Ah! monsieur le Sénéchal te fais des déclarations,.... et tu l'écoutes!

ALICE.

Oui, pour me moquer de lui : il est si vieux, si laid... D'ailleurs, j'ai encore une bonne raison pour ne pas l'aimer.

MARGUERITE.

Laquelle?

ALICE.

C'est que j'en aime un autre.

MARGUERITE.

Un autre!... Et qui donc?

MACLOU.

Eh! parguienne, c'est c'damné d'Alain.

MARGUERITE.

Comment! un paysan qui n'a rien.

ALICE.

Eh bien! est-ce que je ne suis pas une paysanne aussi,
moi.

Air : *d'Aristippe.*

Alain, comm' moi reçut l'jour au village,
Il est humain, sensible et généreux,
J'sais qu'il n'a pas de grands biens en partage ;
Mais en faut-il toujours pour être heureux ? (*bis*)
A d'beaux Messieurs je l'préfér'rais, j'vous jure,
Car aux richess's moi j'n'ai jamais r'gardé,
Et j'aime mieux un bon cœur sous la bure,
Qu'un mauvais cœur sous un babit brodé.

MARGUERITE

Ecoute-moi, Alice, tu as eu tort de m'cacher jusqu'à
c'jour tes sentimens ;... crois-moi, mon enfant, ne donne
core ton cœur à personne.

ALICE.

A personne !... et pourquoi ?

MARGUERITE.

Ne m'interroge pas,... c'est un secret.

ALICE.

Un secret !

MACLOU.

Oui,... et un fameux, encore...

ALICE.

Tu le sais donc, toi, le secret... Oh! mon petit Maclou,
je t'en prie, dis le moi,..... hein?..... tu seras ben
gentil.

MACLOU.

Impossible,... j'pouvons pas,... parce que,... voyez-
vous,... enfin,... faut qu'vous sachiez, ma cousine,...
ou plutôt mam'selle... Oh! ma foi, moi, j'membrouille...
T'nez, d'mandez à ma tante... Faut que j'men sauve...
j'vas r'lever le p'tit gas qui garde mes biques... Adieu,
Ali... Adieu mam'selle... (*en sortant.*) Dieu de Dieu!
pourquoi n'suis'je-t-y pas un seigneur itou.

ALICE.

Est-ce qu'il a perdu la tête, par hasard?

MARGUERITE.

Non, mon Alice,.... c'est qu'il a appris,.... et tu apprendras bientôt aussi toi-même, quelque chose qui te surprendra beaucoup... Je suis encore forcée de t'en faire mystère, pendant quelque temps... Mais, en attendant,... je te le répète, ne donne ton cœur à personne.

(Elle rentre chez elle.)

SCÈNE X.

ALICE *seule.*

A personne.... Ah ça, mais qu'ont-ils donc tous ;... refuser mon cœur à Alain :... est-ce que c'est possible ?

AIR : *Du Rêve de Romagnési.*

Dans l'manoir d'une châtelaine,
Ou dans l'castel d'un beau seigneur,
Je sais que sans r'grets et sans peine
On donne et l'on reprend son cœur.
Au pauvre Alain l'mien sans partage,
De bonn' foi s'est abandonné,
Et j'lui gard'rai; car au village
On ne r'prend pas c'qu'on a donné. (*bis*)

Ah ! ah ! voilà M. le Sénéchal, avec sa promesse ;... il vient sans doute m'la faire signer, amusons-nous à ses dépens.

SCÈNE XI.

LE SÉNÉCHAL, ALICE.

LE SENECHAL, *sans la voir, entrant avec des papiers à la main.*

Alain est en lieu de sûreté,... je n'ai plus rien à craindre de ce drôle-là ;... et je vais..... Ah ! justement voilà ma sixième..... Bonjour, Alice ;.... bonjour, mon enfant ;... eh bien, notre félicité ne dépend plus que de toi :.... voici l'acte dont je t'ai parlé hier,... il est signé,... paraphé,... comme tu vois, et un petit mot de ta main blanchette..... suffira pour le rendre parfait.

ALICE.

Voyons donc c'te belle promesse qui doit faire not' bonheur.

LE SENECHAL, *à part.*

Elle va signer,... mon affaire est bonne.

ALICE , *regardant le papier.*

Comment, c'est çà ,... allons, je me décide.

LE SENECHAL *de même.*

J'étais bien sûr qu'elle ne ferait pas de difficultés...

ALICE.

Ah! mais, c'pendant,... j'y pense ;... avant, faut que j'vous prévienne de quelque chose.

LE SENECHAL.

Eh bien! quoi, mon petit ange?... Quelque misère, quelque bagatelle, je gage.

ALICE.

Oh! mon Dieu oui, M. le Sénéchal,... une bagatelle... Voilà ce que c'est,... c'est que j'avais oublié d'vous prévenir que j'avais déjà un amoureux.

LE SENEGHAL.

Comment un amoureux!

ALICE.

Oh! mais, soyez tranquille,... ça ne m'empêchera pas de vous épouser,... si vous y tenez beaucoup...

LE SENECHAL.

Si j'y tiens!... Je crois parbleu bien... que j'y tiens ; d'ailleurs on m'a parlé de cet amour-là ,... c'est ce mauvais garnement d'Alain,... n'est-ce pas ?... Mais, vois-tu, j'ai tout calculé pour ton intérêt,... et si tu me mettais dans la balance avec ton Alain, tu verrais que j'ai tout ce qu'il faut pour l'emporter.

ALICE.

Ah ça , M. l'Sénéchal, c'est une question ,... voyons , comparons : Alain est jeune ,... et vous...

LE SÉNÉCHAL.

Moi,... je suis dans la force de l'âge.

ALICE.

Eh ben oui ,... dans la force de l'âge si vous voulez ;... mais Alain est gentil garçon ,... et vous...

LE SÉNÉCHAL.

Moi ,... ma taille est bien prise.

ALICE.

Oui,... bien prise ,... si vous voulez ;... mais Alain est aimable, franc ,... et vous.

LE SÉNÉCHAL.

Moi,... je suis plus prudent, voilà tout.

ALICE.

Oh ! oui, quant à ça,... vous êtes prudent, c'est vrai;..
mais Alain... lui,... il n'aime que moi,... au lieu que
vous, par précaution...

LE SENECHAL.

Oh ! la petite rusée !... comment sait-elle ?

ALICE.

Dam,... c'est que, voyez-vous, je m'rappelle une his-
toire,... tenez, écoutez-la :

AIR : *De Page et Bergère.*

Lison, jeun' bachelette,
A sa fenêtre était,
Ecoutant en cachette
Un barbon qui parlait.
Plus tard, vantant sa flamme,
C'barbon lui proposa
De devenir sa femme;
Mais ell' lui répéta :

(*Lui rendant sa promesse.*)

Tra, la, la, la, la, la, etc.

LE SENECHAL, *lui remettant encore la promesse.*

Même air.

Prends ce papier, ma chère,
Vite il faut le signer;
Quant à l'amour, j'espère,
Je saurai t'en donner.

ALICE, *reprenant le papier.*

Non, malgré sa simplesse,
Lison n'fit pas comm' ça;
Ell' prit bien la promesse,
Mais ell' la déchira.

(*Elle la déchire.*)

Tra, la, la, la, la, la, etc.

(*Elle rentre.*)

SCÈNE XII.

LE SÉNÉCHAL, *seul.*

Alice,.. Alice,.. miséricorde,... tout est en morceaux;..
voilà mes calculs bouleversés, et si justement c'est elle
qui est l'héritière, je suis ruiné...

(*On entend dans la coulisse, les cris vive Monseigneur !*)

Ah ! mon Dieu, c'est le sire de Beaulieu, avec toute sa suite,.. ils viennent ici; tout va se découvrir... Ah ! pauvre Sénéchal,.. quelle situation !.... et n'avoir seulement pas le temps de se retourner !...

SCÈNE XIII.

LE SÉNÉCHAL, le sire de BEAULIEU et sa suite; M. LUC; Gardes de Sénéchaussée;... tout le village.

(*Aussitôt l'entrée du sire de Beaulieu, deux écuyers entrent dans la chaumière sans être vus du Sénéchal. Ils portent une riche corbeille; deux dames d'honneur les accompagnent.*)

CHOEUR.

AIR : *Fragment du duo du Maçon,*

Faisons, tous en ce jour éclater notre ivresse,
A chanter Monseigneur que chacun d'nous s'empresse.
Oui, chantons de not' mieux notre nouveau seigneur,
Sa présence en ces lieux est pour nous le bonheur.

Le sire de BEAULIEU.

Ah !... je vous trouve enfin , Sénéchal; il me tardait de vous voir.

LE SÉNÉCHAL.

Moi aussi, Monseigneur;... je vous attendais avec la plus vive impatience, et votre arrivée en ces lieux me comble de joie...

M. LUC, *derrière le Sénéchal et s'inclinant.*

Nous comble de joie...

LE SÉNÉCHAL, *de même.*

D'allégresse. De... (*A part*) J'enrage.

M. LUC.

De...

Le sire de BEAULIEU.

Hein !... plaît-il?

4

LE SENECHAL.

Taisez-vous donc, M. Luc,... taisez-vous donc ; (*à part.*) L'imbécile...

Le sire de BEAULIEU.

Parlons du but de mon voyage... Vous avez fait sans doute toutes les dispositions que je vous avais indiquées dans ma lettre pour la reconnaissance solennelle de mademoiselle de Montbelliard.

LE SENECHAL.

Toutes, Monseigneur ,... et des honneurs dignes de cette illustre beauté, lui seront rendus sitôt que vous l'aurez fait connaître.

Le sire de BEAULIEU.

Il suffit ;... j'aurai maintenant quelques renseignemens à vous demander ;... mais, avant tout, je dois vous prévenir que j'ai fait choix d'un époux pour la jeune Comtesse.

LE SENECHAL.

Vous, Monseigneur !... je ne vous cacherai pas que, de mon côté, j'avais aussi pensé à un parti qui lui convient parfaitement,... n'est-ce pas, M. Luc?

M. LUC.

Sous tous les rapports...

LE SENECHAL.

Je ne lui fais pas dire.

Le sire de BEAULIEU.

C'est bien,... c'est bien ; mais l'époux que je lui destine, lui convient mieux que tout autre :... c'est mon fils...

LE SENECHAL.

Votre fils, Monseigneur !... (*A part*) Ah ! par exemple, nous verrons ça, si c'est une de mes cinq...

Le sire de BEAULIEU.

Oui, Mademoiselle de Montbelliard sera ma fille, à moins que son cœur n'appartienne déjà à un autre ; car vous le savez, le testament porte qu'elle sera entièrement libre de disposer de sa main.

LE SENECHAL.

C'est vrai ; mais avouez, Monseigneur, que voilà une

clause bien singulière, et que le vieux Comte était peut-être un peu...

Le sire de BEAULIEU.

Silence, Sénéchal.

LE SENECHAL.

Silence donc, monsieur Luc.

Le sire de BEAULIEU.

Ce testament est le dernier vœu de mon compagnon d'armes.

AIR :

C'était un ami, presque un frère,
Qui le dicta sur le champ de l'honneur;
Je dois remplir sa volonté dernière,
Même aux dépens de mon bonheur.
Si pour soutenir notre gloire,
Tant de braves nous sont ravis,
Sachons du moins respecter la mémoire
D'un héros mort pour son pays.

LE SENECHAL , *avec inquiétude.*

Vous avez raison, Monseigneur... Depuis votre dernière lettre, qui ne s'expliquait pas très-cathégoriquement, j'ai cherché parmi nos jeunes filles celle qui pourrait être l'héritière en question... (*Il examine ses promesses.*)

Le sire de BEAULIEU.

Et vous avez sans doute deviné que c'était la petite Alice.

LE SENECHAL , *à part.*

Alice,... je suis ruiné.

Le sire de BEAULIEU.

Eh bien! qu'avez-vous donc?

LE SÉNÉCHAL.

Rien, Monseigneur, absolument rien... (*A part , en montrant ses papiers.*) O mes dédits! si je pouvais les négocier à moitié perte... (*Haut*) mais, Monseigneur, êtes-vous bien sûr que ce soit cette petite Alice qui...

Le sire de BEAULIEU.

Vous allez en avoir la preuve.

SCÈNE XIV.

Les Mêmes, ALICE, MARGUERITE, CHOEUR.

CHOEUR.

AIR : *De Léocadie.*

Oui, la voilà celle qui, dans l'village,
Des malheureux calmera les douleurs;
À sa naissance, amis, rendons hommage,
Ell' doit ici régner sur tous les cœurs.

ALICE, *sortant de la chaumière, habillée en châtelaine, et accompagnée des Dames de la suite du sire de Beaulieu.*

Qu'c'est donc gentil,... qu'c'est donc gentil!... J'vous r'mercie, Mesdames, et vous aussi Messieurs... Ah! v'la Monseigneur;.. est-ce que c'est vous qui m'avez fait donner toutes ces belles choses-là? et c'est vrai que j'suis riche, bien riche?

Le sire de BEAULIEU.

Oui, mon enfant,... votre fortune est immense.

ALICE.

Ah! tant mieux; je pourrai faire du bien à ma bonne mère.

Le sire de BEAULIEU.

Eh! bien! M. le Sénéchal,... êtes-vous bien persuadé?.....

LE SÉNÉCHAL.

Oui, Monseigneur,... je n'ai plus le moindre doute;... (*à part.*) Cinq femmes sur les bras ,... quelle position,... j'en ferai une maladie,... c'est sûr; je crois même que j'ai déjà la fièvre. (*Monsieur Luc lui tâte le poul, le Sénéchal le repousse.*)

Le sire de BEAULIEU.

Ma chère Alice, votre père, en mourant, m'a chargé de veiller sur vous;... vous me suivrez à la Cour, et vous y verrez le noble chevalier que je vous destine pour époux.

ALICE

Oh! je n'en veux pas, de votre chevalier;.. il faudrait renoncer à Alain,... moi qui lui ai promis de l'aimer toujours.

Air : Des Deux Jaloux.

Pour me fair' trahir ma promesse,
Tous vos soins seraient superflus;
Gardez plutôt votre richesse,
Car sans Alain je n'en veux plus.
Pour devenir dame de haut parage,
Il faudrait sacrifier mon cœur;
J'aim' mieux être heureuse au village,
Sous vot' bon plaisir, Monseigneur.

Le sire de BEAULIEU.

Mais, Sénéchal, quel est donc cet Alain ?

LE SENECHAL.

Monseigneur, c'est un très-mauvais sujet ;... une espéce de vagabond, que j'ai pris sur moi de faire incarcérer.

Le sire de BEAULIEU.

S'il est ce que vous dites, Sénéchal, vous avez bien fait;... et vous, Alice, croyez-moi, renoncez à un amour qui n'est plus digne de vous.

SCÈNE XV.

Les Mêmes, MACLOU.

MACLOU, accourant.

M'sieur l'Sénéchal,... m'sieur l'Sénéchal...

LE SENECHAL.

Eh ! bien, qu'y a-t-il ?... quoi ? que nous veut ce lourdaut.

MACLOU.

J'veux, j'veux vous dire qu'Alain s'est évadé d'la prison.

LE SENECHAL.

Est-il possible ! quelle audace ! cours vite prévenir au bailliage qu'on se mette incontinent à la poursuite de ce drôle-là...

ALICE.

Est-il méchant donc, c'vilain Sénéchal.

LE SENECHAL, à Maclou.

Eh bien ! qu'est-ce que tu attends ?..... Vas donc vite.

MACLOU.

Oh! c'est inutile, allez,.... il est déjà r'pris... On l'a ru...
carcéré, on l'a fouillé, et tout en l'fouillant, on a trouvé
sur lui des papiers.

LE SENECHAL.

Des papiers... Vous l'entendez, Monseigneur,.... on a
trouvé sur lui des papiers... Ça se complique; il est évi-
dent que c'est un homme très-dangereux.

MACLOU.

Eh! non,... c'est...

LE SENECHAL.

C'est,... c'est... Je soutiens qu'un homme qui a des
papiers est un homme dangereux.

MACLOU, *bas*.

Mais, m'sieur l'Sénéchal!... laissez-moi donc achever...
puisque je vous dis que c'est le fils de Monseigneur.

LE SENECHAL.

Hein! (*à part*) le fils de Monseigneur !... ah! ça,
mais qu'est-ce que j'ai donc aujourd'hui... Je fais bêtise
sur bêtise.

MACLOU.

Eh! t'nez, le v'là, le v'là.

SCÈNE XVI.

Les MÊMES, EDMOND, Gardes de la Sénéchaussée.

EDMOND.

Mon père!

LE SIRE DE BEAULIEU.

Edmond, que signifie ce déguisement, et comment se
fait-il que je vous trouve en ces lieux, quand je vous
croyais auprès de votre Roi?

EDMOND, *montrant Alice*.

Voilà mon excuse... Blessé sous les murs d'Orléans,...
forcé de fuir et de me cacher sous ces vêtemens grossiers
pour échapper à l'ennemi, j'arrivai dans ce village.....
C'est dans cette chaumière seule, que je trouvai des se-
cours; seule, Alice eut pitié de moi.

AIR :

J'étais mourant, lorsque sa voix si pure
Me fit renaître à l'espoir le plus doux,
Alice, alors, pour panser ma blessure,
Auprès de moi se mettait à genoux.
Je fus guéri;... mais Alice, ô disgrâce!
A mes genoux bientôt ne se mit plus;
Sans m'en douter, un jour je m'aperçus
Que nous avions changé de place.

ALICE.

Ainsi, monsieur Alain, vous me trompiez donc:... vous méritez-bien que j'vous gronde.

EDMOND.

Chère Alice, joignez-vous plutôt à moi pour obtenir le pardon de mon père.

ALICE.

Au fait,... c'est vrai,... Monseigneur, t'nez, faites comme moi :... ne lui en voulez pas.

LE SIRE DE BEAULIEU.

Heureusement pour vous, vous avez, sans le savoir, secondé mes projets.   (*il les unit*).

MACLOU.

Dites donc, tante Marguerite,... est-ce que j'n'aurions pas été aussi changé en nourrice,... moi?

MARGUERITE.

Non, mon garçon,..... tu es bien mon neveu.

MACLOU.

C'est dommage ;... car j'suis sûr que j'aurais fait un *fameux seigneur* itou, moi; enfin,... c'est égal, Alice est heureuse,... et moi je retourne à mes moutons.

VAUDEVILLE.

AIR *nouveau, de M. Blanchard.*

CHOEUR.

Loin du berceau de son enfance,
Alice va passer ses jours,
Nos vœux et not' reconnaissance,
La suivront toujours.

ALICE.

Ah ! croyez qu'dans mon rich' palais,
Je n'oublierai jamais
Mes amis , mes compagnes ;
A la cour, j'veux, avec Alain ,
Redir' chaque matin
Le refrain d'nos montagnes.
Tra la, la, la, etc.

(Les chœurs reprennent les refrains.)

MACLOU.

Maint'nant , l'matin, avant d'partir ,
Je n'verrai plus s'ouvrir
La f'nêtr' de vot' chambrette.
Mais j'irai , prom'nant mon troupiau ,
Sous l'balcon d'vot' chatiau
Répéter à tu' tête,
Tra , la , la , la , etc.

ALICE , *au public.*

Tremblante et de crainte et d'espoir,
Messieurs, je viens ce soir
Réclamer vot' suffrage.
Ah ! daignez permettre aujourd'hui
Qu'souvent j'répète ici
Le refrain du village,
Tra , la , la , la , etc.

FIN.

IMPRIMERIE DE SÉTIER,
Cour des Fontaines , N.° 7, à Paris.